Für Heidemarie

Holly Alberich

Süß wie Kaffee, kalt wie Schnee

Eine Grauvogel Archiv Story

Druck und Distribution im Auftrag der Autorin: tredition GmbH, Heinz-Beusen-Stieg 5, 22926 Ahrensburg, Deutschland Das Werk, einschließlich seiner Teile, ist urheberrechtlich geschützt. Für die Inhalte ist die Autorin verantwortlich. Jede Verwertung ist ohne ihre Zustimmung unzulässig. Die Publikation und Verbreitung erfolgen im Auftrag der Autorin, zu erreichen unter: tredition GmbH, Abteilung „Impressumservice", HeinzBeusen-Stieg 5, 22926 Ahrensburg, Deutschland.

Diese Geschichte enthält Andeutungen auf Essstörungen, Erwähnungen von Mobbing zu Schulzeiten und das Rauchen von Zigaretten.

Süß wie Kaffee, kalt wie Schnee

Eine Grauvogel Archiv Story

Vorwort

Als Freddy diese mürrische Regenwolke von einem Mann sah, war ihr sofort bewusst, dass sie ihr Herz schneller verlieren würde, als ihr lieb war.

Als Alexander Fredricka zum ersten Mal sah, verschmolz sein Herz mit ihrem, doch er brauchte neun Kapitel, um überhaupt zu verstehen, dass er ein Herz besaß.

Kapitel 1

In welchem Alexander seinen sicheren Hafen

teilen muss

Als die altehrwürdigen Leiter des Grauvogel Archivs Alexander M. Doyle eröffneten, er würde sein geliebtes (überaus staubiges) Büro mit einer weiteren Person teilen müssen, war dieser alles andere als begeistert. Als er dann auch noch erfuhr, dass es sich um die Nichte des Gründers handelte, fiel er aus allen Wolken. Der Gründer des Archivs – Dr. Alphonse Seward – war ihm immer ein guter Freund gewesen. Ein Mentor und beinahe schon eine Vaterfigur. Wie um alles in der Welt sollte er sich seiner Nichte gegenüber verhalten? Er hasste Fremde. Er hasste Menschen. Eine dicke Eisschicht war dort in seiner Brust anstelle eines schlagenden Herzens. So mochte er sich. Er brauchte weder Freunde, noch diese neue Fremde.

Er brauchte lediglich sich selbst und eine Tasse Kaffee (oder zwölf).

Am Morgen der Ankunft des Eindringlings versuchte Alexander bestmöglich gelassen zu bleiben. Die Situation ging ihm auf die Nerven. Er lief auf und ab, in seinem kleinen sicheren Hafen – dem Büro, das er täglich aufsuchte. Er arbeitete freiwillig fürs Archiv. Sein Hauptberuf war ein anderer. Hier fühlte er sich wohl. Zwischen den dicken Büchern, den schweren Folianten und den losen Papieren, die sich bis zur Decke in alten Regalen ansammelten. Oft schon boten sie ihm eine Festanstellung im Archiv – doch er lehnte immer ab. Geld spielte keine Rolle für ihn. Er wollte nur Ruhe.

Ruhe, die unterbrochen wurde, als sich die schwere Holztür auftat und die Fremde in sein Heiligtum eindrang.

Dr. Alphonse Seward war ein gemütlicher Mann. Er trug warme, dunkelbraune Wollpullover und Strickjacken. Eine dicke Brille zierte sein faltiges Gesicht. Trotz des hohen Alters hatte er dichtes, grau-braunes Haar und einen silbergrauen Bart. Er war das Herz des Archivs. Stets munter und wissbegierig und – *wie würde Joanna sagen?* - eine Süßmaus. Sein Äußeres war stets respektabel und ordentlich.

Darum kam Alexander nicht umhin, erstaunt zu sein, als er die Nichte des Doktors zum ersten Mal sah.

Fredricka Seward, so hieß die junge Frau, trug ihr langes, fast schwarzes Haar zu einem hohen Pferdeschwanz gebunden. Sie trug die Ohren voller Piercings, dicke Lederstiefel und einen pitschnassen Mantel. Ihre Wangen waren gerötet von der Abendkälte. Aus großen, blauen Augen heraus sah sie ihn an.

»Hallo.«

»Hallo«, entgegnete er trocken.

»Sie müssen Mr. Doyle sein.« Fredricka stellte den Pappbecher, den sie in der einen Hand hielt, auf eines der Beistelltischchen. *Café Mond* stand darauf gedruckt. Alexander kannte das Café und rümpfte stets die Nase, dachte er an deren unangenehm süßen Kaffee. Er bevorzugte seinen Kaffee schwarz.

»Alexander, guten Tag«, sagte er kühl, nahm allerdings höflich ihre Hand und zwang sich sogar zu einem schwachen Lächeln.

»Fredricka Seward, aber nennen Sie mich ruhig Freddy.«

Er würde nichts dergleichen tun.

Er würde sie mit größter Mühe ignorieren. Diesen Eindringling seines heiligen Ortes.

Fredricka lächelte höflich. Alexander nahm an seinem Schreibtisch Platz, die Brauen düster zusammengezogen. Er fuhr sich durch die welligen, roten Haare.

Sein Handy surrte.

Komm schon, Alex! Biiiitteeeeeee

D.

Er ignorierte die Textnachricht gekonnt und richtete seinen Blick auf die Fremde. Leider sah auch sie in jenem Moment zu ihm herum und sie hielten den Augenkontakt eine unangenehme Sekunde zu lang.

Schnell nahm er seine Arbeit wieder auf. Er katalogisierte die Papiere, die er neulich erst in einer der unteren Ecken des linken Regales ,Ritter' gefunden hatte. Die Regale des Grauvogel Archivs trugen alle Namen. In seinem Büro befanden sich Ritter, Sonne, Tannenbaum, Schwalbe, Hortensie, Kümmel und Chrom.

Er wusste bis heute nicht, was die Namen bedeuteten.

Papier, Stift und mehrere Notizbücher fanden ihren Platz auf Fredrickas Schreibtisch, der gegenüber seinem eigenen stand. Dunkles Holz, mit Schubladen zu beiden Seiten und einer staubigen Lampe. Fredricka legte ihren Mantel ab, übersah allerdings den Kleiderständer bei der Tür und knüllte das Kleidungsstück unbeholfen zusammen, ehe sie es über die Stuhllehne hing.

Alexander verzog missmutig das Gesicht. Er hasste Menschen, die schlampig mit ihrem Besitz umgingen.

Sie setzte sich, trank von ihrem (zuckersüßen) Kaffee und begann kurz darauf zu schreiben. Alexander nahm einen Schluck seines eigenen Kaffees. Die fünfte Tasse des Tages. Er seufzte tief, schloss für einen Moment die Augen und verabschiedete sich von seinem geliebten Alleinsein.

Gut, möglicherweise würden sie sich gar nicht oft sehen, sondern zu unterschiedlichen Uhrzeiten hier sein. Das Archiv war für Mitglieder stets offen, egal zu welcher Uhrzeit. Es bot allen Beteiligten einen Rückzugsort.

Ob das Unwohlsein in seinem Magen vergehen würde?

Wieso musste sie hier sein?

Unter dem schweren Mantel trug sie einen engen, schwarzen Pullover, der sich an ihre üppigen Kurven schmiegte. Eine Drachen-Tätowierung rankte an ihrem Hals empor. Außerdem trug sie dunklen Nagellack, der halb abgeblättert war. Sie war nicht so, wie er sich die Nichte des Doktors vorgestellt hatte.

Er schätzte sie auf sein eigenes Alter – Anfang dreißig.

Alexander hoffte, sie würde sich langweilen und verschwinden. Gleichzeitig lag sein Blick auf ihren dichten Wimpern, ihren schönen-

Alexander öffnete schnell den Mund, um die unangenehme Situation zu retten, als sie plötzlich aufsah, doch sie lächelte nur stumm, sodass es ihre Augen nicht erreichte und wandte sich ihren Notizen zu.

Wie zur Hölle hatte sich sein Blick so an ihr verfangen können? Er grummelte vor sich hin und entschied sich, nach Hause zu gehen.

»Guten Abend«, sagte er zum Abschied, ohne sie noch einmal anzusehen und verließ das Grauvogel Archiv schnellen Schrittes.

Kapitel 2

In welchem ein Plätzchen ein Herz gewinnt

An Samstagen ging Alexander gerne morgens ins Archiv. Ein dicker, blauer Wollschal schmiegte sich an sein Gesicht und der Duft frisch gewaschener Wäsche erfüllte seine Nase. Wer mochte diesen Duft nicht? Selbst er, als selbsternannter Miesepeter, wusste ihn zu schätzen. Im Archiv machte er sich in der kleinen Küche einen Kaffee.

Weihnachtsfeier, stand dort in großen Lettern auf einem Plakat am Kühlschrank. Er zog die Brauen zusammen. Jedes Jahr zwang sein Bruder ihn teilzunehmen, obwohl der Idiot nicht einmal zum Archiv gehörte. Apropos Bruder…

Alex, bitte! Ich bin in NÖTEN! Victor hat abgesagt, was soll ich denn tun?!?!?!

D.

Alexander las die Textnachricht, die er um kurz nach drei Uhr morgens erhalten hatte. Dachte sein Bruder wirklich, er würde zu solcher Stunde wach sein? Er verdrehte die Augen.

»Alexander, hallo!«

Alexander hob die Hand, während er mit der anderen die Kaffeetasse an seine Lippen führte.

»Die wievielte ist es heute schon? Die vierzigste?«

Er ließ sich das dunkle Gebräu auf der Zunge zergehen. Dann öffnete er die Augen.

»Die dritte.«

»Du bekommst noch einen Herzinfarkt.«

»Und du trinkst dieses… das…«

Murdoch lachte. »Genau das.«

Alexander trat zur Tür.

»Wie ist sie so?«, fragte Murdoch.

»Hm?«

»Sewards' Nichte.«

»Wir haben uns nicht unterhalten.«

»Was bestimmt ihre Schuld ist, denn du bist ja die Gesprächigkeit in Person.«

Alexander zog einen Schmollmund.

»Bring ihr doch auch eine Tasse, sie wird sich sicher freuen.«

»Ich glaube Miss Seward bevorzugt andere Arten von Kaffee.« Seine Gedanken schossen sofort zum *Café Mond* und dem süßen, zuckrigen Getränk.

»So?«

»Außerdem ist Samstag.«

»Sie ist schon eine Weile hier.«

Alexanders Brauen schossen nach oben. Vorbei war sein ruhiger Morgen. Zerstört seine schöne Einsamkeit. Beinahe wollte er theatralisch zu Boden gehen, doch Murdoch würde ihn das nie vergessen lassen.

Er sagte nichts und trat aus der Küche hinaus Richtung seines Büros.

Richtung *ihres* Büros.

Richtung bittersüßer Veränderung.

Fredricka Seward saß vor mehreren zusammen-geklebten A4-Papieren, die sie vor sich aus-gebreitet hatte. Die Landkarte, die sie darauf zeichnete, sah nicht sonderlich gut aus. Die Ränder waren voll von Anekdoten und Jahreszahlen. Alexander schielte nur einen kurzen Moment darauf, doch dieser genügte ihm, um zu erkennen, dass sie sich nicht sonderlich gut mit Gewässern auskannte.

»Guten Morgen«, sagte er förmlich.

»Guten Morgen, Alexander«, entgegnete sie mit einem kleinen Lächeln auf den Lippen. Für einen kurzen Moment stand sie sogar auf, nur um sich peinlich berührt wieder zu setzen. Er hob nur die Brauen und wandte sich seinen eigenen Angelegenheiten zu.

Immerhin schien sie kein gesprächiger Mensch zu sein, sodass er in Ruhe lesen konnte.

Für den Rest des Morgens ignorierten sie einander erfolgreich.

Einige Male schlich sie sich zu den alten Regalen und holte ein paar dicke Wälzer hervor, jedoch machte er sich nicht die Mühe aufzublicken, um zu erkennen, welche sie herausnahm.

Als er sich wortkarg zur Tür schlich, um draußen zu telefonieren, sah er, dass es sich um Sachbücher über Gewässer und Berge handelte. Nun ergab ihre Landkarte Sinn.

Nicht schlecht, dachte er bei sich, als er sie innerlich mit der Landkarte von vor einigen Stunden verglich.

Sein Handy surrte.

Nur das eine Mal!!!! Du bist so ein Langweiler! Come on!!!

D.

Gefolgt von:

Dich zu beleidigen ist vermutlich nicht der beste Weg... COME ON!!!! Ich bezahle jeden einzelnen Drink!! JEDEN!!!

D.

Alexander betrat erneut das Büro. Die meisten Telefonate konnte er zum Glück knapp halten. Er war kein Mensch großer Worte, aber wenn er Dinge klären musste, klärte er sie lieber in Person oder in einer Textnachricht.

Allerdings anders, als die Textnachrichten, die ihn seit Tagen heimsuchten.

Wann würde *er* aufhören, ihm auf die Nerven zu gehen?

»Möchtest du auch einen Kaffee?«

Mit diesen Worten riss Fredricka ihn aus seinen Gedanken.

»Wie bitte?«

»Ich laufe zum *Café Mond* und hole mit dort einen Kaffee. Soll ich dir einen mitbringen? Er ist wirklich gut. Viel besser, als der staubige, den sie hier anbieten.«

»Danke, aber nein.«

»Okay, bis gleich«, sagte sie in einem Umgangston, als wären sie Freunde.

Alexander schüttelte den Kopf. *Freunde.*

Eine halbe Stunde später kam Fredricka wieder herein, legte Mantel und Kaffeebecher ab und setzte eine kleine Tüte neben seiner leeren Kaffeetasse auf seinem Schreibtisch ab.

»Ich wusste nicht, ob du vielleicht auch ein Weihnachtsplätzchen willst, also hab' ich einfach ein großes mitgebracht.«

Überrumpelt von der Geste sagte Alexander erst gar nichts, bis er ein kleines »Danke« hervorbrachte. Sie lächelte zufrieden und wandte sich wieder ihrer Landkarte zu, die immer ausgereiftere Gebirge und kleine Details aufwies.

Alexander plante im ersten Moment, das Plätzchen, ohne überhaupt in die Tüte geschaut zu haben, zu entsorgen. Doch sein Frühstück waren vier schwarze Kaffee und zwei Zigaretten gewesen – ja, auch er wusste, wie schlecht das für Körper und Geist war, doch es war ihm schlichtweg egal.

Er öffnete die Tüte. Darin lag ein Weihnachtsplätzchen, wie er sie insgeheim sehr gerne mochte. Mit einer dicken, weißen Schicht Zuckerguss und lächerlich bunter Dekoration. Er schmunzelte, ohne es überhaupt zu bemerken.

Das Plätzchen schmeckte vorzüglich. Er fragte sich, ob er den Kaffee vom *Café Mond* wohl zu unrecht verurteilte. Auch Fredricka aß ein Plätzchen, doch sie mühte sich immerhin, es langsam zu essen. Er kannte Menschen wie sie, die nicht gerne vor anderen Menschen aßen. Auch er war so ein Mensch gewesen, was er nur ungern zugab. Verunsichert durch das Urteil anderer Menschen. Immer ein Auge darauf, wie man wohl wirken mochte und was andere über einen dachten.

Was er ebenfalls nicht zugeben wollte, war wie sehr die Geste seinen Tag erhellte.

Und als er sich diesmal verabschiedete, benutzte er immerhin schon drei Worte:

»Bis morgen, Fredricka.«

Regen peitschte ihm am darauffolgenden Morgen ins Gesicht, auf dem Weg zum Archiv. Pitschnass tröpfelnd entledigte er sich seines Mantels. Das Büro war leer. Endlich hatte er seine Ruhe. Konnte durchatmen und wieder er selbst sein. Er zündete das Kaminfeuer an, schnappte sich ein Buch aus einem der Regale (das Regal, das den Namen ‚Kümmel' trug) und setzte sich an seinen Schreibtisch.

Keine zwei Minuten später ging die Tür auf.

»Morgen«, sagte Fredricka und warf ihm ein kleines Lächeln zu.

»Morgen«, entgegnete er.

Sie schlüpfte aus ihrem Mantel, breitete ihre Notizbücher und Papier auf dem Schreibtisch aus und versank in ihrer eigenen Welt. Der süße Kaffee stand neben ihr und erfüllte den Raum mit Weihnachtsduft.

Alexander schaute andere Menschen normaler-weise nicht genauer an. Wozu? Reine Zeit-verschwendung. Doch nun – aus welchem Grund auch immer – beschloss er, Fredricka genauer zu betrachten. Ihre blauen Augen waren ihm sofort aufgefallen, denn sie standen in starkem Kontrast zu den dunkelbraunen Haaren. Sie trug sie in einem hohen Pferdeschwanz und sie fielen ihr dank der Länge in sanften Wellen über die Schultern. Ihre Ohren waren erstaunlich oft gepierct. Viele kleine silberne Steinchen und Ringe funkelten im gemütlichen Licht des Archivs und des Kaminfeuers. Alexander selbst trug keinerlei Schmuck. Fredricka hingegen trug drei verschiedene Halsketten in dreierlei Längen. Außerdem diverse Ringe an ihren Fingern. Ihre Fingernägel waren schwarz lackiert. Sie trug Winterstiefel, die ihr über die Waden reichten und darunter eine violette Strumpfhose. Er konnte nicht erkennen, ob die Strumpfhose gemustert war, oder ob sie tätowierte Beine hatte. Jedoch verriet ihr Dekolleté, dass es sich wohl um letzteres handelte. Das schwarze, langärmlige Kleid war tief ausgeschnitten und auf der linken Seite rankte ihr ein Drache zum Hals empor. Fredricka war klein, einen ganzen Kopf kleiner als Alexander selbst, und (er wusste nicht, wie er es anders ausdrücken sollte) dick. Ihre Kleidung betonte ihre Kurven äußerst wohlwollend. Ihre Augenlider waren dunkelblau geschminkt und ihre Lippen trugen einen dunklen Ton. Sein Blick huschte zurück zu ihren Augen und ließ ihn realisieren, dass sie in seine Richtung sah. Sie hob fragend eine Braue.

Alexander hätte sich am liebsten geohrfeigt.

Was tat er da?!

Er interessierte sich nicht für Menschen.

Für keinen von ihnen.

Auch nicht für Fredricka Seward.

»Alles okay?«

Er nickte und steckte seine Nase zurück in sein Buch.

Idiot. Idiot. Idiot.

»Was machst du eigentlich, wenn ich fragen darf?«

»Wie bitte?«, fragte Alexander, der nicht für eine Interaktion gewappnet war.

»Beruflich, meine ich.«

»Security«, entgegnete er knapp. Fredricka schien eine Erklärung zu erwarten, doch er sagte nichts, denn alle Worte schienen sich auf seiner Zunge zu einem Wollknäuel zusammenzubinden.

»Und du?«, entgegnete er, denn mehr brachte er nicht hervor. Obwohl er genau wusste, was sie tat, denn Alexander las Menschen wie Bücher.

»Ich schreibe.« Sie lächelte etwas hinterlistig und gab ihrerseits ebenfalls keine Erklärung.

Faires Spiel, dachte er bei sich.

»Fantasy?«

Fredrickas Augen funkelten. Sie nickte.

Alexander las keine Fantasy-Romane. Oder Romane allgemein. Er las auch keine Sachbücher oder Belletristik. Er las die seltsamsten Bücher des Archivs. Kuriose Sammelsurien voller Geschichten, die er nicht erklären konnte.

Zählte das als Fantasy?

Vermutlich.

Hm. Verdammt.

Fredrickas Ausdruck nach zu urteilen brannten ihr noch weitere Fragen auf den Lippen, doch sie äußerte sie nicht und wandte sich wieder ihrer Karte zu.

Am Montagabend erwartete ihn ein weiteres Weihnachtsplätzchen. Weißer Zuckerguss und grüne Tannenbäumchen aus Schokolade.

»Anis.«

»Was?«

»Du bist immer in Gedanken, oder?«, fragte Fredricka. »Das Plätzchen schmeckt nach Anis. Ich vermute, du magst die mit Erdbeergeschmack nicht.«

»Ich verabscheue diesen künstlichen Erdbeergeschmack.«

»Das dachte ich mir. Wie schade. Ich liebe ihn.«

Alexanders Blick verfing sich in dem kleinen
Teich ihrer Augen. In den sanften Wellen ihres
Haars.

Er musste dringend an die frische Luft.

Kapitel 3

In welchem Alexander seine Tür ein wenig öffnet

Alexanders Morgen sah jeden Tag gleich aus. Um fünf Uhr in der Früh stand er auf, machte sich seinen ersten Kaffee, sprang kurz unter die (kalte!) Dusche und beantwortete den Haufen Mails, den seine Kollegen und Kolleginnen ihm in der Nachtschicht hinterlassen hatten. Bei der ein oder anderen Mail verdrehte er entnervt die Augen.

Manchmal fragte er sich aufrichtig, ob alle Menschen um ihn herum inkompetent oder schlichtweg Idioten waren.

Für den Hauch einer Sekunde überlegte er, ob er zu harsch war oder sogar ein, um es grob auszudrücken, Arschloch. Doch mit einem Schulterzucken verwarf er den Gedanken wieder.

Jeder Mensch war selbstsüchtig.

Jeder Mensch brach Herzen und starb.

Darauf war immer Verlass.

Als die Mails beantwortet, der Kaffee getrunken und eine Krawatte fürs Büro ausgewählt war, setzte er sich noch für einen Moment in den alten Ohrensessel vor seinen Bücherregalen und schloss die Augen.

Ein winziger Moment des Friedens und der inneren Ruhe, bevor er wieder unter Menschen musste. Wie er sie verabscheute.

Ihm war bewusst, wie verwerflich, wie *falsch* dieser Gedanke war. Wie furchtbar kaltherzig er auf andere wirken musste.

Doch was sollte er bitte tun? Er war ungesellig. Menschen raubten ihm die Nerven.

Fröhliche Weihnachten oder so.

Die nächsten drei Kaffeetassen leerte er bei der Arbeit bei Sherrinford Security. Er überprüfte Einsatzpläne, regelte die Finanzen und traf Entscheidungen, die großherzigen Menschen schwerzufallen schienen. Seit einigen Jahren schon erledigte er ausschließlich die Büroarbeit. Sein Job langweilte ihn, doch einen neuen zu suchen erschien ihm als fürchterlich aufwendig. Außerdem würde er sich dann wieder an neue Menschen gewöhnen müssen und das war den Trubel einfach nicht wert.

Alexander verließ das Gebäude gegen siebzehn Uhr und hielt für den fünften Kaffee normalerweise am *Café Buttercroft*, doch heute zog ihn etwas ein paar Häuser weiter.

Er hielt inne.

Das *Café Mond*. Brutstätte des Zuckerkaffees.

Fredricka Sewards Quelle des widerlichen Gebräus.

Er seufzte, spannte den Regenschirm auf, da es zu tröpfeln begann und lief weiter. Allerdings kam er nur ein paar wenige Schritte voran, ehe er umdrehte.

Was tat er da nur?

War er ein Idiot? So fühlte er sich.

Er kümmerte sich nicht um andere Menschen. Simpel. Nicht?

Wieso also, um alles in der Welt, hielt er einen Papp-Kaffeebecher mit dem Zuckergebräu in der einen und eine Tüte Weihnachtsplätzchen in der anderen Hand?

Alexander mochte dieses Gefühl in seiner Brust nicht, das sich langsam darin breit machte.

Ganz und gar nicht.

Es war neu. Es gehörte nicht dort hin.

Er grummelte innerlich auf dem Weg zum Archiv vor sich hin.

Als er das Büro betrat, stieg ihm sofort ihr Parfüm in die Nase. Parfüm empfand er gewöhnlich als störend... doch dieses?

»Hey«, sagte sie und sah ihn aus großen, blauen Augen an. Wortlos stellte er ihr den Zuckerkaffeebecher auf den Tisch und setzte sich an seinen eigenen Schreibtisch.

Für einen kurzen Moment glaubte er, sie erröten gesehen zu haben.

»Danke«, sagte Fredricka. Sie warf ihm ein wundervolles Lächeln zu. Sie drehte sich wieder um.

Wundervoll?!

Alexander griff sich an die Brust. Würde er bald sterben? Fühlte sich so der Tod an?

Er schüttelte den Kopf. Vielleicht brütete er etwas aus. Ein Nervenfieber. Eine tödliche Krankheit. Gedankenverloren öffnete er die Tüte mit den Plätzchen, da er wusste, Fredricka würde keine nehmen, wenn sie die Tüte selbst öffnen müsste. Er vermutete, sie war in ihrer Schulzeit ihres Gewichts wegen gehänselt worden und traute sich darum nicht, sich als erste etwas von den Naschereien zu nehmen. Der Gedanke brachte ihn auf seine eigene Schulzeit und sofort verschlechterte sich seine Laune um mindestens zwölf Prozent.

Er versank in seiner Arbeit.

Die Flammen im Kamin knackten.

Beinahe genoss er die stille Zweisamkeit. Alexander würde sich lieber in die Flammen stürzen, als dies offen zuzugeben.

Fredricka seufzte tief.

Er blickte zu ihr auf und sah, wie sie die Arme über dem Kopf ausstreckte.

Woran sie wohl arbeitet?

Alexander verzog das Gesicht. Er ekelte sich vor sich selbst. Was sollte das denn? Interesse? In seinem Kopf? Niemals.

Igitt.

Woher dieses Gefühl? Er kannte sie doch gar nicht. Er musste zugeben, es überforderte ihn.

Und er hasste Überforderung.

Und er hasste Menschen.

Zumindest dachte er das immer.

»Alexander?«

»Ja?«

»Du kennst dich doch sicher mit Gewässern aus, oder?«

»Ja.«

»Oh, ehrlich?«

Er nickte. Fredrickas Augen leuchteten.

»Du wirkst auf jeden Fall wie jemand, der sich mit Gewässern auskennt. Schau mal bitte.«

Wie wirkte bitte jemand, der sich mit Gewässern auskannte?! Wider seines Kopfes erhob er sich aus dem Stuhl und trat an ihren Tisch.

»Der Fluss dort macht keinen Sinn. Er muss Richtung Süden fließen. Was ist das?«

Er deutete auf einen unförmigen Fleck.

»Ein See?«

»Hm.«

»So schlimm?«, fragte Fredricka.

»Nein.«

»Sei ehrlich.«

»Furchtbar.«

»Danke.«

Fredricka seufzte und lehnte sich zurück.

Den restlichen Abend erarbeiteten sie noch drei weitere Landkarten, die Fredricka für ihre kommende Fantasy-Reihe nutzen würde.

Alexander sah auf die Uhr. Viertel nach neun. Er fragte sich, ob sie die ganze Nacht hier sitzen würden. Der Gedanke störte ihn zu seinem eigenen Erstaunen nicht. Es störte ihn auch nicht, wenn ihre Hand seine streifte. Er spürte, wie sie auftaute. Wie sie lockerer wurde in seiner Gegenwart und je länger sie hier saßen, desto redseliger wurde sie. Auch das störte ihn nicht.

Aber nur bei ihr.

Was zur Hölle war nur los mit ihm?

»Das Archiv gibt jedes Jahr eine Weihnachts-feier, um Spenden zu sammeln. Sie servieren fürchterlich süße, rosafarbene Cocktails«, sagte er plötzlich. Er hasste die Weihnachtsfeier.

»Alphonse hat mir schon oft davon erzählt, aber ich hatte nie die Zeit dafür. Es klingt himmlisch! Die Cocktails… nicht das Event selbst.«

Alexander schmunzelte (sehr zu seinem Leid).

»Du magst solche Veranstaltungen nicht?«

»Ich verabscheue sie. All die… Menschen. Das Geplänkel. Die gezwungenen Lacher. Das ist einfach… nicht meine Welt.«

»Das verstehe ich.«

»Ja?«

»Ja.«

»Sind deine Lesungen nicht genauso?«

»Leider, ja. Mir macht das überhaupt keinen Spaß, aber es gehört heutzutage nun mal dazu. Und ich will weiterhin vom Schreiben leben können, also beuge ich mich dem Ganzen. Irgendwie. Danach brauche ich aber mindestens zwei Wochen für mich alleine, um meine soziale Batterie wieder aufzuladen.«

Er nickte.

Seine soziale Batterie war nicht-existent. Würde er eine besitzen, wäre sie ständig auf Null.

Sein Blick verfing sich in ihrem.

Wieso also fühlte er sich… wohl, wenn sie bei ihm war?

Wieso schenkte sie ihm Energie, statt sie zu rauben, wie alle anderen Menschen dort draußen?

Sie gingen gemeinsam in die Küche, um sich noch etwas zu trinken zu holen und er zeigte ihr das Plakat.

»Oh… an dem Tag gebe ich meine letzte Lesung für dieses Jahr.«

»Achso.« Alexander störte, wie enttäuscht seine Stimme klang. Aber er war es. Er war enttäuscht.

»Aber… vielleicht, wenn sie pünktlich endet?«

Er nickte. »Die Cocktails sind immer schnell weg.«

»Vielleicht…«, sie unterbrach sich selbst und sah weg, »komme ich nicht nur der Cocktails wegen.« Ohne ihn noch einmal anzusehen verließ sie die Küche.

Was?!

Was soll das bedeuten?

Hallo?!

Alexander sammelte seine Gedanken für einen Moment, ehe er Fredricka ins Büro folgte. Sie lächelte ihn an, als hätte sie nichts gesagt und kritzelte Häuschen neben ein Feld.

Alexander fürchtete um seinen Verstand.

Auch die restliche Woche verbrachten sie, als wären sie Freunde. Sie brachten einander Kaffee und Plätzchen. Zeichneten Landkarten, durchstöberten Bücher und Alexander arbeitete oder las, während Fredricka schrieb und schrieb und schrieb. Sie tauschten sogar Nummern aus, allerdings fiel Alexander kein Grund ein, ihr zu schreiben.

Er *wollte* ihr schreiben.

Doch was zur Hölle hatte er zu sagen, was er ihr nicht auch im Archiv sagen konnte?

Obwohl er durch seine Arbeit ständig das Handy in der Hand hatte, war Texten nicht gerade seine Stärke.

»Du wirkst fröhlich«, sagte Murdoch, als er Alexander in der Küche des Archivs erwischte.

Er zuckte mit den Schultern. War er denn fröhlich? Der Gedanke war ihm bisher nicht gekommen. Allerdings dachte er in letzter Zeit relativ wenig an seine eigenen Gefühle.

»Ich habe gut geschlafen.«

»Hm«, lachte Murdoch. »Kann mir denken, von wem du geträumt hast.«

Alexander verwirrten diese Worte. Was wusste Murdoch denn, was er nicht wusste?

Was entging ihm?

Draußen begann der Schnee zu fallen.

Kapitel 4

In welchem Alexander seine Komfortzone verlässt

Das Schneegestöber ließ nicht nach.

Alexander sah auf die alte Uhr, die über Fredrickas Schreibtisch hing. Kurz nach fünfzehn Uhr. In weniger als einer Stunde würde ihre Lesung beginnen. Sie hatte ihn zwar eingeladen, doch was sollte er dort?

Er würde die Stimmung vermutlich herunterziehen mit seiner schlechten Laune und dem ewigen, düsteren Gesichtsausdruck. Murdoch nannte ihn manchmal ‚den Vampir'. Er wusste, dass sein Freund es nicht böse meinte, doch irgendetwas gefiel ihm nicht an dem Begriff. Er hielt sich aus anderer Leute Leben heraus, er raubte ihnen doch keine Energie.

Oder doch?

Alexander seufzte tief. Irgendwie schmeckte ihm sein Kaffee heute nicht. Irgendwie war ihm das Büro zu leise. Irgendwie fehlte…

Er schlug die Hände über dem Kopf zusammen und streckte seinen langen, dünnen Körper.

Brüderchen, willst du mich wirklich hängen lassen?
D.

Mit einem lauten Schlag ließ er das Handy auf den Schreibtisch fallen. Genug war genug. Das letzte Mal, als er seinem Bruder einen Gefallen getan hatte, hatte er im Außendienst einen Zahn verloren. Er nahm ihm die Sache immer noch übel. Aber ignorieren schien nicht mehr der richtige Weg zu sein.

Was hatte Fredricka neulich gesagt?

Bring die Sache hinter dich, sonst frisst dich die Angst mehrfach auf.

Angst? Hatte er denn Angst?

Er hatte Angst um seinen Bruder. Andauernd. Wieso musste er sich auch immer in irgendwelche schlechten Situationen bringen? Wieso konnte er nicht vorsichtig sein und einmal – nur ein einziges Mal – auf sich selbst aufpassen?

Zögernd griff er nach seinem Handy und wählte die Nummer seines kleinen Bruders.

»Unfassbar! Ein Anruf? Von dir?«, sagte die Stimme am anderen Ende der Leitung ohne zu grüßen.

»Du hast zwei Minuten, um mir deinen Fall vorzulegen.«

»Jawohl, Herr Richter. Ich gebe ein Konzert nach Weihnachten, aber Victor ist ausgestiegen, also bin ich security-los und da mein großes Brüderchen, das zwar gebaut ist wie ein Lauch, aber dennoch eines sonnigen Tages beschlossen hat Security-Mensch zu werden, brauche ich deine Hilfe.«

»Du willst, dass ich dein Konzert betreue?«

»Bingo.«

»Du willst, dass ich deinen hässlichen Arsch mal wieder aus der Scheiße ziehe?«

»Mein Arsch ist fantastisch und bisher gibt es noch keine Scheiße, aus der man ihn ziehen müsste. Außerdem, was bitte soll passieren? Das Konzert ist außerhalb der Stadt. Da passiert nie etwas. Aber Security brauche ich nun mal trotzdem.«

»Hm.«

»Hm?«

»Hm. Von mir aus.«

»Ehrlich?«

»Ich bringe Abramoff und Christopher mit«, beschloss Alexander.

»Die bösen Handlanger des bösen Bösewichts.«

»Sei nett zu ihnen, wenn du willst, dass sie dich beschützen.«

»Ja, schon kapiert.«

»Schick mir später die Daten, ich regle es mit der Firma.«

»Perfekt.«

Stille.

»Frohe Weihnachten.«

Alexander legte auf und tippte eine Nachricht. Sein Magen zog sich jetzt schon zusammen. Sein Bruder schaffte es immer, in Schwierigkeiten zu geraten und eine leise Vorahnung sagte ihm, dass auch dieses Konzert kein Zuckerschlecken werden würde.

Wieder verfing sich sein Blick an der Uhr. Er ordnete seine Sachen, spülte seine Tasse in der gemeinsamen Küche, verabschiedete sich von Murdoch und verließ das Archiv.

Schnee und Wind peitschten ihm ins Gesicht. Er schob sich die Mütze tiefer ins Gesicht und den

Schal über die lange Nase, gesprenkelt von Sommersprossen. Sie machten ihn jünger als er war und als Kind hatte er sie immer gehasst, doch mittlerweile waren sie ihm egal.

Vieles war ihm egal.

Wann hatte er den Funken in seinem Herzen verloren?

Er wusste es nicht.

Irgendwo zwischen Schulzeit und Arbeitstagen und Routine.

Irgendwann hatte er aufgehört zu leben und angefangen, kaum noch zu existieren.

Aber er war glücklich… oder nicht?

Mit einem letzten Zug an seiner Zigarette warf er den kleinen Stummel in den Mülleimer vor dem lichterbehangenen Marktplatz und stürzte sich ins Getümmel. Innerlich versuchte er, die ganzen Menschen auszublenden. Die vielen Geräusche und Gerüche und Eindrücke und Lichter und all die Berührungen im Vorbeigehen. Er fand den Marktstand, den er gesucht hatte. Er gehörte einer kleinen Organisation, deren Verdienst an Frauenhäuser gespendet wurden. Dort fand er sie jedes Jahr.

»Wie überlebst du das?«, fragte er.

»Jahrelanges Training«, entgegnete Joanna.

»Können wir etwas außerhalb der Menge stehen?«

Joanna warf ihm ein bezauberndes Lächeln zu, das schon viele Menschen zum Dahinschmelzen gebracht hatte.

»Natürlich!«

Sie hakte sich bei ihm unter – eine Berührung, die ihm nichts ausmachte. Er vertraute Joanna. Sie war eine der Konstanten in seinem Leben, die er willkommen hieß. Sie und Murdoch. Doch Joanna gehörte vorrangig in die Welt seines Bruders. Sie begleitete ihn auf seinen Touren, koordinierte seine Termine und hielt ihn so gut sie konnte aus Dramen heraus, in die er gerne hineingeriet. In ihrer Freizeit arbeitete sie für wohltätige Zwecke.

»Lass mich raten, ihr habt geredet?«

»Mehr oder weniger, ja.«

»Und?«

»Ich spiele den *Security-Menschen* für ihn.«

»Das ist sehr edel von dir.«

»Nicht wirklich. Ich will einfach nicht, dass ihm etwas passiert.«

»Komm, wir gehen ein Stück. Mir frieren die Füße ab.«

Die beiden liefen schweigend um den Markt herum. Warfen Blicke in die Menge und ließen sich von den Weihnachtsmarkteindrücken bezaubern. Joanna erzählte von ihrer Wohngemeinschaft (wieso die Managerin eines Rockstars freiwillig in einer Wohngemeinschaft lebte, würde Alexander niemals verstehen), von ihrer Arbeit auf dem Markt und von der Frau, die sie datete.

»Und du?«

»Was?«

»Immer so tief in Gedanken… tsk tsk. Ob du jemanden datest.«

»Ich date nicht.«

»Ich weiß, dass du es nicht absichtlich tust, aber manchmal… passiert es einfach.«

»Nicht bei mir.«

Just in dieser Sekunde erreichten sie das *Café Mond*, das an den Marktplatz grenzte. Alexander stieg der süßliche Geruch dessen Gebäcks in die Nase. Er warf einen Blick durch die hell beleuchtete Scheibe. Innen waren drei Frauen. Eine ältere Dame, die am Computer tippte, eine junge

Frau, die Stühle aufstellte und Fredricka, die dasselbe tat.

»Warum genau halten wir an?«

Alexander hörte Joanna nicht. Sein Blick hing an Fredricka. An ihren dunklen Haaren, die sie hochgebunden hatte. An dem scheußlich-bunten Weihnachtspullover, den sie trug und dem Glitzer in ihrem dunklen Lidschatten.

Sie sah fabelhaft aus.

»Wer sieht fabelhaft aus?«

»Was?«

»Du hast gesagt sie sieht fabelhaft aus!«

Alexander verfluchte seinen Mund. Seinen Kopf. Sein Leben.

»Niemand.«

»Du kannst mich jetzt nicht mit einem Cliffhanger hier stehen lassen! Hallo? Wer? Die mit dem Weihnachtspullover?«

»Nein, ich hab mich versprochen.«

»Du kannst genauso schlecht lügen wie dein Bruder.«

Joanna zog die Brauen zusammen. Sie verschränkte die Arme vor der Brust, wohl wissend, dass sie diese Information aus ihm herausbekommen würde.

Alexander wollte weitergehen, doch Joanna blieb standhaft. Ihre dunkelbraunen Augen schimmerten im Weihnachtslicht der Scheibe. Sie schob sich das Nasenpiercing zurecht und funkelte ihn böse an.

»Sie ist…«

»Alexander!«

Die Tür des Cafés ging auf.

Verflucht…

»Fredricka«, entgegnete er, dankbar, dass die vielen Lichter die Röte auf seinen Wangen verbargen.

»Was treibt dich hierher?«

»Ach… ähm…«

»Das wäre wohl ich«, Joanna reichte Fredricka fröhlich die Hand.

»Joanna Gold.«

»Freddy Seward.«

»Ach, die Autorin?«

»Du kennst ihre Bücher?«, fragte Alexander.

»Du solltest wirklich öfter das Haus verlassen. *Jeder* kennt ihre Bücher.«

»Naja…«, Fredricka grinste verlegen.

Alexander musste zugeben, er hatte sich noch nicht mit Fredrickas Büchern auseinandergesetzt. Er dachte, sie sei eine frischgebackene Autorin, ohne Erfahrung oder Leserschaft.

Wieso war er davon ausgegangen?

»Ich habe einen Stand mit Glühwein und Winterpunsch, komm gerne vorbei«, sagte Joanna.

»Danke! Vielleicht nach der Lesung.«

»Lampenfieber?«

»Ich mach mir gleich in die Hose. Das geht wohl nie weg.«

»Ah, glaub mir, eines Tages tut es das. Alexanders Bruder war am Anfang genauso.«

»Bruder? Ist er auch Autor?«

Joanna sah ungläubig zu Alexander. Er war wirklich ein verschlossenes Buch. Erzählte er denn gar nichts von sich?

»Woher kennt ihr beiden euch?«

»Oh, wir teilen uns ein Büro im Grauvogel Archiv«, entgegnete Fredricka.

»Ihr *teilt* euch ein Büro?«

»Es ist nicht der Rede wert«, sagte Alexander kleinlaut und wich Fredrickas Blick aus.

»Wollt ihr mit reinkommen? Es ist ganz schön kalt«, fragte Fredricka, die weder Jacke noch Schal trug.

»Oh, ich muss gleich zurück zu meinem Stand. Aber Alexander kann bleiben.«

»Was? Nein, ich muss-«

»Bis dann! Schreib mir!«, Joanna rannte praktisch davon. Sie konnte sich das Grinsen nicht mehr aus dem Gesicht wischen.

Unfassbar. Du hast dich in Fredricka Seward verknallt. OOOMMMGGGG

Schrieb sie Alexander als Textnachricht, doch er hörte das Klingeln seines Handys nicht. Er wusste überhaupt nicht, was er sagen sollte. Jegliche Ausreden entfielen seinem Gehirn. Also öffnete er Fredricka die Tür, half mit den Stühlen und setzte sich auf den äußersten Platz. Tatsächlich füllte sich das Café schnell und sie mussten noch weitere Stühle aus einem Hinterzimmer holen.

Jedes Mal, wenn sich ihre Blicke kreuzten, versuchte er, ihr ein aufmunterndes Lächeln zu schenken.

Er sah, wie Fredricka fahl im Gesicht wurde. Wie unruhig und ängstlich sie war.

Dennoch sprach sie fließend und ohne Unterbrechung. Sie las einige Szenen aus ihrem neuesten Buch vor, beantwortete Fragen und schenkte den Menschen ein Lächeln, das den Schnee schmelzen konnte.

Alexander empfand Stolz.

Woher auch immer dieses unbekannte Gefühl kam. Langsam akzeptierte er dessen Präsenz.

Kapitel 5

In welchem Freddy so einiges zerdenkt

Fredricka Elizabeth Seward wollte sich übergeben. Ihre Hände zitterten. In ihrer Brust saß ein faustgroßer Kloß, der sich nicht lösen wollte. Atmete sie überhaupt noch? Sie wusste es nicht. Obwohl dies bereits ihre sechzehnte Lesung war, konnte sie sich mit dem Gedanken noch immer nicht anfreunden, dass so viele Menschen sie ansahen. Sie hasste das Rampenlicht. Sie war gerne ein Nebencharakter im Schauspiel des Lebens.

Wieso zur Hölle war sie dann Autorin geworden?

Die Zeiten, in denen Autoren Eremiten sein konnten, waren vorbei. Die Menschen wollten mehr als nur ein Buch. Sie wollten die Person hinter dem Buch.

Also gab sie Lesungen. Um ihre Geschichten in der Welt zu verbreiten. Fredricka liebte, dass ihre Geschichten Anklang fanden. Dass Menschen das, was sie so gerne für sich schrieb, lasen und augenscheinlich mochten.

Ihre Geschichten!

Sie konnte es immer noch nicht glauben.

Dankbarkeit bereitete sich in ihr aus und beruhigte sie ein wenig. Dankbarkeit für die Chance, für die Menschen, für ihr Leben.

Gleichzeitig ließ die Angst, sich zu blamieren, sie beinahe ohnmächtig werden.

Wie sollte dieser Abend ein schöner werden, wenn sich jede Faser in ihr danach sehnte, nach Hause zu gehen, sich etwas warmes zu kochen und unter ihrer Decke verkrümelt Serien zu schauen?

Sie seufzte tief und stellte den nächsten Stuhl in der Reihe auf. Ashley und Cam unterstützten sie, boten ihr sogar ihr Lieblingscafé für ihre Lesung. Wie konnte sie etwas anderes empfinden als Dankbarkeit?

Reiß dich zusammen, schalt sie sich, als sie fühlte, wie sich Tränen in ihren Augen sammelten. Angst war eine komische Sache.

Unberechenbar.

Alexander würde sie für eine Idiotin halten. Er, mit seiner eiskalten Einstellung, geriet vermutlich nie in Unruhe. Wenn sie doch nur genauso sein konnte… so kalt und unnahbar und schön.

Schön?!

Sie verdrehte die Augen. Fort mit diesen Gedanken. Lieber tiefer in der Angst vor der Lesung versinken als in der Angst, wie er sie wohl sehen mochte. Was er von ihr hielt.

Nicht sehr viel, vermutete sie.

Sie hatte das Selbstbewusstsein eines Fischstäbchens. Fredricka verfluchte all die Filme und Bücher, die dicke Frauen als selbstbewusst und quirlig und stark darstellten. Sie konnte sich nie damit identifizieren. Bewunderte diese Frauen zwar, doch war leider keine von ihnen.

Noch nicht.

Sie arbeitete daran. Schritt für Schritt.

Sie schaute auf die Straße hinaus.

War das…

Ohne zu wissen, wieso genau sie das eigentlich tat, lief sie zur Tür hinaus.

»Alexander«, sagte sie. Da stand er tatsächlich. Warm eingepackt mit einer der schönsten Frauen, die Fredricka je gesehen hatte.

»Fredricka«

»Was treibt dich hierher?«

»Ach… ähm…«, stammelte er. Röte auf seinen Wangen.

»Das wäre wohl ich«, die schöne Frau reichte Fredricka ihre behandschuhte Hand.

»Joanna Gold.«

»Freddy Seward«, sagte sie verlegen.

»Ach, die Autorin?«

»Du kennst ihre Bücher?«, schob Alexander kleinlaut ein.

»Du solltest wirklich öfter das Haus verlassen. Jeder kennt ihre Bücher.«

»Naja…«, Fredricka kam nicht umhin zu grinsen. Tatsächlich gewannen ihre Bücher immer mehr an Popularität und sie sollte stolzer auf ihre Arbeit sein. Sie schaute Alexander an, der ihrem Blick auswich, als wäre ihm ihre Gegenwart unangenehm.

Ihre Laune sank.

»Ich habe einen Stand mit Glühwein und Winterpunsch, komm gerne vorbei«, bot Joanna an.

»Danke! Vielleicht nach der Lesung.« Fredricka würde das Angebot niemals annehmen. Sie wollte jetzt schon nach Hause. Noch ein Event, nach diesem Event, ließ ihre soziale Batterie nicht zu. Obwohl Joanna ihr als aufrichtig netter Mensch erschien.

»Lampenfieber?«

»Ich mach mir gleich in die Hose. Das geht wohl nie weg«, gab sie zu.

»Ah, glaub mir, eines Tages tut es das. Alexanders Bruder war am Anfang genauso.«

»Bruder? Ist er auch Autor?« Noch nie hatte Alexander etwas von einem Bruder erwähnt. Sie hatte angenommen, er sei ein Einzelkind.

Joanna ging nicht auf die Frage ein und sagte: »Woher kennt ihr beiden euch?«

»Oh, wir teilen uns ein Büro im Grauvogel Archiv.«

»Ihr *teilt* euch ein Büro?«

»Es ist nicht der Rede wert«, sagte Alexander zu schnell.

Ich bin nicht der Rede wert… Autsch.

»Wollt ihr mit rein kommen? Es ist ganz schön kalt«, fragte Fredricka, doch eigentlich wollte sie einfach nur diese Lesung hinter sich bringen und sich verkriechen.

»Oh, ich muss gleich zurück zu meinem Stand. Aber Alexander kann bleiben.«

»Was? Nein, ich muss-«

»Bis dann! Schreib mir!«, rief Joanna Gold und ließ Alexander mit verdutztem Gesichtsausdruck zurück.

Er hat überhaupt keine Lust hier zu sein…

Alexander hielt ihr die Tür auf.

Oder nicht?

Sie konnte ihn einfach nicht lesen. An manchen Tagen spürte sie seinen Blick auf ihr. Genoss seinen Blick auf ihr… Freute sich über ihre kleine Tradition, mit dem Kaffee und den Plätzchen. Genoss die Zeit im Archiv.

Sie beschloss, dass sie ihre Laune nicht von einem Mann abhängig machen würde.

Dann half er wortlos beim Aufstellen der Stühle. Die ganze Zeit sah er irgendwie bedrückt aus. Aber er schenkte ihr ein kleines Lächeln. Jedes Mal, wenn sich ihre Blicke kreuzten.

So ungern sie den Gedanken zugeben mochte, half seine Präsenz.

So ungern sie den Gedanken zugeben mochte, mochte sie diesen Eisklotz sehr gern.

Kapitel 6

In welchem Alexander zum Erdbeercocktail greift

Weihnachten war noch gut eine Woche entfernt und dennoch dudelte jeder Radiosender Weihnachtslieder rauf und runter. Alexander hatte den Kampf aufgegeben und ließ sie im Hintergrund laufen. Konnte er eine CD einlegen, die Musik spielte, die er mochte? Definitiv. Würde er es tun? Nein. Viel zu umständlich.

Weihnachtsmusik stand also auf der Tagesordnung. Oder eher der Abendordnung. Er hatte sich vor diesem Abend gescheut und nun war er hier. Alexander hasste die Weihnachtsfeier. Vorrangig, da sie jedes Mal damit endete, wie er seinen betrunkenen Bruder gemeinsam mit Joanna aus dem Gebäude in ein Taxi schleifte. Dominic ließ sich keine gute Party entgehen – in seinen Augen war die Weihnachtsfeier des Archivs ein Jahreshighlight.

Vielleicht, aber nur vielleicht, würde sie dieses eine Mal anders enden.

»Hallo, hallo!«, rief sein Bruder laut, bevor er die Tür zu Alexanders Büro öffnete.

Alexander grüßte mit einem genervten Blick.

»Du siehst aus wie jemand, dem dringend die drei Geister der Weihnacht begegnen sollten.«

»Ihr seht beide wie Idioten aus«, rief Joanna und trat ebenfalls ein. Mit den im Nacken zusammengebundenen Locken und dem gold-glänzenden Kleid sah sie aus wie ein Weih-nachtsengel.

Dominic sah hingegen aus wie ein Waldschrat. Zumindest dachte Alexander das. Die Wahrheit war allerdings, dass Dominic hinreißend aussah. Nicht nur war er erfolgreicher Sänger, er arbeitete auch ab und an in der Modelbranche. Er war etwas kleiner als Alexander, hatte allerdings dieselben blassgrünen Augen unter dichten Wimpern, dieselbe lange Nase, dieselben roten Haare. Dominic ließ seine wachsen, sodass sie ihm in sanften Wellen über die Schultern fielen. Seine Sommersprossen waren dichter und seine kantige, schmale Figur (genauso wie seine unbeugsame Persönlichkeit) gaben ihm, was er gebraucht hatte, um in der Welt des Glamours durchzustarten. Dominic liebte seinen Job. Die vielen Menschen, das Abenteuer. Er verstand nicht, wie Alexander all das wie die Pest meiden konnte.

Wie konnten sie verwandt sein? Dominic nur zwei Jahre jünger als Alexander mit seinen dreiunddreißig Jahren.

»Du hättest dir ruhig etwas Schöneres anziehen können«, sagte sein kleiner Bruder. Alexander trug (wie immer) einen Rollkragenpullover in dunkler Farbe und eine schwarze Hose.

»Soll ich wie ein Weihnachtsbaum rumlaufen oder was?«

»Würde dir nicht schaden«, erwiderte Dominic. Er selbst trug ein enges, gemustertes Top, eine weite Jeans und eine kurze, aufgeplusterte Jacke.

Alexander verstand nichts von Mode. Joanna würde schon wissen, was Dominic tragen konnte, ohne seinen Ruf zu zerstören.

Dominic setzte sich auf Fredrickas Schreibtisch und ließ die Beine baumeln.

Die Tür öffnete sich erneut.

»Hast du eine Sekunde?«, fragte Murdoch. Joanna winkte ihm, Dominic zwinkerte ihm zu. Murdoch verzog keine Miene.

Alexander war dankbar, mit Murdoch vor seinem Bruder flüchten zu können. Obwohl das bedeutete, mit Menschen zu interagieren. Gemeinsam begrüßten sie die Gäste, die Dr.

Seward eingeladen hatte. Auch wenn keiner der beiden sonderlich gesprächig war, mussten sie einmal im Jahr die Zähne zusammenbeißen.

Eine Stunde verging. Dominic und Joanna mischten sich ins Getümmel. Murdoch verzog sich in die Küche.

Fredricka blieb verschwunden.

Nachdem Alexander sah, wie Dominic und Joanna sich zurück in sein Büro verzogen, beschloss auch er, den Rückzug anzutreten.

In seinem Augenwinkel entdecke er eines der Tabletts mit den Erdbeercocktails. Ohne groß darüber nachzudenken, schnappte er sich einen der letzten und betrat sein Büro.

Dominic saß auf dem anderen Schreibtisch. Joanna in Alexanders Stuhl.

»Du hasst künstlichen Erdbeergeschmack«, rief sein Bruder.

»Und?«

»Wieso also der Drink, Brüderchen?«

»Zieh deine eigenen Schlüsse, du Knecht.«

»Du bist ein Spielverderber, Alex.«

Alexander hasste den Spitznamen Alex. Ihm war der Name Alexander gegeben worden, dementsprechend wollte er auch so genannt werden. Aber Menschen schien dies egal zu sein. Durch lange Namen wollten sie sich einfach nicht quälen.

»Ist der für Freddy?«

»Wer zur Hölle ist Freddy?«, fragte Dominic, dessen Interesse nun geweckt war.

»Nein«, sagte er. Alexander schloss genervt die Augen.

Wieder öffnete sich die Tür zum Büro.

Endlich.

»Die Lesung ging länger als geplant! Jetzt hab ich mich die gesamte letzte Woche so sehr nach einem dieser Cocktails gesehnt, nur um sie dann zu verpassen!« Fredricka schob sich das lange, geflochtene Haar von den Schultern.

Alexander hielt ihr den Cocktail entgegen.

Ihre Augen begannen zu funkeln.

»Du bist mein Held!!« Freudig nahm sie das alkoholfreie Erdbeergetränk in die Hand und nippte daran.

»Dominic«, sagte Alexanders kleiner Bruder und reichte ihr die Hand.

»Freddy«, entgegnete die junge Frau mit den vielen Ohrenpiercings.

»Du bist also die Erdbeerdame.«

»Erdbeerdame?«

»Wir haben uns gewundert, für wen mein Brüderchen wohl das Getränk hütet.«

Fredricka grinste breit. Alexander unterdrückte jegliche unwillkommene Emotionen.

»Freddy, setz dich zu mir. Wie war die Lesung? Ist es die letzte in diesem Jahr?«

Sie nahm neben Joanna Platz. »Ja, zum Glück. Ich bin endlich frei und kann mich die nächsten Monate aufs Schreiben konzentrieren.«

»Fantastisch!«

»Du hättest mir auch ruhig von Freddy erzählen können, Jo!«, beschwerte sich Dominic.

Joanna streckte ihm die Zunge heraus.

Alexander kam nicht umhin Fredricka anzusehen. Sie trug ein enganliegendes, schwarzes Kleid, das ihren Kurven schmeichelte. Sie zeigte mehr von ihrem Drachentattoo, mehr von sich selbst. Als sie Platz nahm, sah er, dass das Kleid am Rücken tief ausgeschnitten war. Sie war wunderschön. Sie war… perfekt. In seinen Augen. Für einen Moment fragte er sich, wie sie schmeckte.

Er verwarf den Gedanken und konzentrierte sich auf Dominics Anekdoten.

Der Abend verlief angenehmer, als Alexander gedacht hatte. Kein übermäßiger Alkoholkonsum, keine dummen Kommentare seines Bruders.

»Du solltest auch kommen, Freddy!«

»Zu deinem Konzert? Ich glaube, das ist nichts für mich.«

»Na, danke…«, Dominic schürzte die Lippen.

Fredricka errötete: »Oh, nein! Das meinte ich nicht so. Ich wollte damit sagen, ich mag keine Menschenmassen. Deine Musik ist toll, aber ein Konzert ist einfach nichts für mich.«

»Jetzt wird mir alles klar«, rief Dominic. »Darum versteht ihr euch! Ihr seid ja genau gleich!«

»Wir sind nicht genau gleich«, sagte Alexander. Fredricka schien immerhin gut mit Menschen klar zu kommen und ihre Abneigung, oder was auch immer es war, bestens verstecken zu können.

Alexander zeigte den meisten einfach die kalte Schulter, bis sie ihn aufgaben.

»Ich bestehe darauf. Jo, gib Freddy einen VIP-Pass.«

»Freddy?«, fragte Joanna.

Fredricka war die Situaton sichtlich unangenehm. »Mhm«, murmelte sie, was Dominic als Einwilligung auffasste.

»Na also! Dann ist es entschieden. Willkommen in der Familie, Freddy!«

Kapitel 7

In welchem der Schnee zu schmelzen beginnt

Das Grauvogel Archiv war 365 Tage im Jahr geöffnet. So auch an Heiligabend. Jedoch fand sich kaum eine Seele in dem alten Gebäude. Alexander gehörte zu jenen Seelen. Seine Eltern besuchte er erst in zwei Tagen (mit Dominic). Aber den Heiligabend verbrachte er stets in seinem Büro. Er mochte das Familiengetue nicht. Viel lieber schob er seinen Sessel vor das warme Feuer des Kamins, zog die Beine hoch und las.

Außerdem übernahm er die dringenden Fälle bei Sherrinford Security. Sollte ein Notfall eintreten, würde er diesen über sein Handy koordinieren.

So einer war er…

Einer, der an Heiligabend lieber arbeitete als unter Menschen zu sein. Neben ihm standen ein Glas Wein und eine halbleere Packung Erdnüsse.

Alexander stützte seinen Kopf auf seiner Hand ab und las eine Seite. Als er sich an nichts erinnern konnte, las er sie nochmal.

Und nochmal.

Seine Gedanken waren überall, nur nicht in diesem Buch.

Aber wo steckte er gedanklich?

Zum einen dachte er an dieses dumme Konzert, um das er nicht herum kam. Zum anderen dachte er an Fredricka. Wie gut sie in dem Cocktailkleid ausgesehen hatte. Wie ihr die dunklen Haare über die Schulten fielen und die Haarspitzen ihre Haut liebkosten. Wie sie duftete. Wie sie lachte. Wie sie den Stift beim Schreiben hielt und wie sie immer die Augen schloss, wenn sie den ersten Schluck des Zuckerkaffees trank. Wie ihre Schenkel in der Strumpfhose ausgesehen hatten… Wie ihre Augen sich in seinen verloren.

Oh neeeeein…

Er war doch nicht…? Er konnte doch nicht…?

Noch nie in seinem bisherigen Leben hatte er so über eine andere Person gedacht. Er hatte einmal mit einem anderen Menschen geschlafen, als er ein junger Mann gewesen war, doch es hatte ihm nicht gefallen und er hängte das ganze Thema an den Nagel.

Doch nun?! Er fühlte sich, als wäre etwas in seinem Innern aktiviert worden, das er totgeglaubt hatte.

»Was soll das denn…«, murmelte er.

Er wollte keinen Menschen an seiner Seite…

Nein, das war falsch. Er wollte Fredricka an seiner Seite. Niemanden sonst. Niemand sonst fühlte sich so… richtig an.

Er warf das Buch zur Seite. Seine Schritte klangen dumpf auf dem alten, gemusterten Teppich. Mit beiden Händen fuhr er sich durch die kurzen, roten Wellen auf seinem Kopf.

Eine Existenzkrise brach über ihn herein.

Zwanzig Minuten später öffnete sich die Tür zu seinem Büro. Alexander lag auf seinem Schreibtisch. Seine Handballen kühl auf die Augen gepresst.

»Murdoch, du solltest nach Hause gehen«, sagte er.

»Ich glaube, wir sind die einzigen im Gebäude«, entgegnete Fredricka und streifte sich den Mantel von den Schultern.

Alexander schoss nach oben. Ein Brief-
beschwerer krachte zu Boden, als er vom Tisch
sprang.

»Was machst du denn hier?«, entfuhr ihm.

»Schreiben.«

»Es ist Heiligabend.«

Sie lachte auf. »Du bist doch auch hier?«

Darauf erwiderte er nichts. Von draußen fiel
kein Licht mehr herein. Er legte Feuer nach.

»Darf ich mich dazu setzen?« Sie deutete auf
seinen Sessel am Feuer. Er nickte gedankenverloren und beobachtete, wie Fredricka ihr
Schreibzeug auf dem Teppich neben seinem Sessel
ausbreitete.

»Ich arbeite gerne auf dem Boden. Und hier
sind ja nur wir beide.«

Nur wir beide…, dachte er.

Fredricka löschte das Deckenlicht. Sie schrieb
im hellen Schein der Flammen. Ganz gemütlich,
als würden sie sich schon ewig kennen.

Plötzlich fiel Alexander das Konzentrieren ganz
einfach. Er schmunzelte leicht, ohne das Gefühl in
seiner Brust zu bemerken und las, bis das Feuer
wieder schwächer wurde.

Alexander brachte zwei Tassen Kaffee ins Büro. Das Feuer flackerte knisternd im Kamin. Fredricka lehnte gegen seinen Sessel und sah zu ihm auf.

Wie konnte er sie nicht begehren?

»Bitte«, sagte er und reichte ihr die Tasse. Er war wirklich niemand, der Zeit auf Böden verbrachte, doch er wollte auf Augenhöhe mit ihr sein. Fühlte sich tatsächlich so, als wäre niemand auf der Welt auf derselben Augenhöhe mit ihm. Nur sie.

»Alexander«, sagte sie ganz leise.

Er nahm vorsichtig ihre Hand in seine.

»Darf ich?«, fragte er und strich ihr eine Haarsträhne aus dem Gesicht.

Fredricka nickte.

Seine Lippen streiften die ihren nur ganz sacht, doch allein diese sanfte Berührung reichte, um Flammen in seinem Körper auflodern zu lassen. Er sah in ihre großen, blauen Augen. Sah, wie ihr Blick zu seinen Lippen huschte, ehe sie ihre Hand in seinen Nacken legte und ihn zu sich zog. Dankbar, dass sie diesen Schritt gewagt hatte kam er ihr entgegen. Seine Hände lagen an ihrer Taille, seine Lippen auf ihren Lippen.

Sie schmeckte nach Erdbeeren.

Sie schmeckte nach Wärme.

Sie schenkte ihm Geborgenheit.

Kapitel 8

In welchem Konsequenzen folgen

Abramoff und Christopher waren bereits auf Position. Dominic hatte recht behalten, das Konzert war eines seiner kleinsten. Trotzdem fanden sich mehrere hundert Leute in der Halle. Alexander testete das Headpiece in seinem Ohr und bat um Gegencheck seiner Kollegen.

Alles war an Ort und Stelle.

Alles würde geregelt ablaufen.

Joanna war in Position. Wie schon etliche Male zuvor überraschte sie ihn mit ihrem Manager-Look. Die großen Locken streng zusammen-gebunden. Sie trug Bluse, Blazer, Bleistiftrock. Als wäre sie ein ganz anderer Mensch, während sie Dominics Auftritte koordinierte.

Er betrat die Lounge. Dominic lag auf dem Rücken und starrte an die Decke.

»Nervös?«

»Ob du es glaubst oder nicht, auch ich habe ein Herz. Irgendwo da drin«, erwiderte Dominic. »Und ich weiß es zu schätzen, dass du hier bist.«

Alexander schwieg.

Dominic warf ihm einen Blick zu, den er nicht deuten konnte.

»Ich…«, doch er unterbrach sich, stand auf und verließ die Lounge. Beinahe rannte er Fredricka um.

»Wieso bin ich nochmal hier?«, fragte sie leise. Alexander und sie waren die einzigen Menschen in dem schmalen Raum.

»Weil du nicht nein sagen kannst.«

»Ach ja… richtig.«

»Wenn mich übrigens noch einmal jemand Steward nennt, weine ich. Seward!! Ich heiße Seward.«, sagte Fredricka und zog einen Schmollmund. Sie hielt Alexander den VIP-Pass entgegen auf dem in großen Lettern Fredricka *Steward* stand.

»Du könntest deinen Nachnamen ändern«, sagte er ohne nachzudenken.

»In was denn?«

»In Doyle.«

Fredrickas Augen weiteten sich voller Über-
raschung. Alexanders Augen weiteten sich voller
Schock. Er schnappte nach Luft und verließ die
Lounge.

Was war in ihn gefahren?!

Was war *DAS*?!?!

Noch nie hatten seine Lippen solch kitschige
Worte verlassen. Er wollte sich den Mund mit Seife
auswaschen.

Wie sollte er das Konzert überleben, wenn sie
da war? Wenn sie genau wusste, was er fühlte.
Wenn er nun sicher wusste, was er fühlte.

Was sollte er tun?!

Alexander beschloss, das zu tun, was er am
besten konnte. Er festigte die Eisschicht um sein
Herz und dachte an alles, nur nicht an das Surren
in seiner Brust.

Das klappte weniger gut als erhofft.

Er konnte Fredricka nicht einfach alleine lassen,
in einer fremden Situation, mit fremden Menschen,
die in Massen hereinströmten. Er setzte Joanna auf
sie an, die Fredricka nicht aus den Augen ließ und
das Alexander vermutlich nie vergessen lassen
würde.

Er selbst hörte seinem Bruder zu, denn er musste auf Position bleiben. Hörte das Kreischen der anhimmelnden Menschen. Sah die Lichter. Schwitzte unter seinem schwarzen Hemd.

Nach zwanzig Minuten wünschte er sich, er wäre wieder zu Hause.

Alles verlief geordnet und ereignislos.

Bis der erste Schuss fiel.

Bis Abramoff, Christopher und er selbst zu spät reagierten.

Bis die Menge schrie und rannte. Bis Abramoff den Täter zu Boden rang.

Alexander sah nichts, außer seinen kleinen Bruder, der voller Schock in die Menge starrte.

Er hörte den zweiten Schuss, er fühlte, wie seine Füße ihn rennen ließen, wie er sich vor Dominic warf. Als wäre er einer dieser idiotischen Helden in den Filmen, die er hasste.

Er würde alles für seinen kleinen, chaotischen Bruder tun.

Sogar sterben.

Fröhliche Weihnachten oder so.

Kapitel 9

In welchem Alexander Wärme verspürt

Hm, dachte Alexander bei sich, *doch nicht gestorben.*

Er wollte die Augen nicht öffnen. Sein Kopf fühlte sich an, als hätten tausend Sägen einen Chor gebildet und ihm ein Lied gesungen.

Kein sehr gutes, wohlgemerkt.

Wieso musste er immer in Schwierigkeiten geraten, wenn sein Bruder… irgendetwas tat? Liebte er Dominic? Vermutlich, ja. Er war sich sicher, sich nun ewig anhören zu dürfen, wie er doch ein Herz hatte. Wie er es für seinen Bruder einfach so aus dem Fenster werfen würde.

Sein Leben.

Sein eigenes Leben.

Aber wie bereits festgestellt war sein Leben noch nicht zu Ende. Er erhielt eine zweite Chance – oder wie man das auch nennen mochte.

Alexander brauchte dringend Urlaub. Eine einsame Hütte in den Bergen vielleicht… nein, keine einsame Hütte. Eine Hütte für zwei.

Bilder des Vorabends stürzten über ihn herein. Sein Bruder, der sang. Joanna, die mit ihrem Klemmbrett hinter der Bühne wuselte. Fredricka, die sich hinter Joanna vor den Menschen versteckte.

Sie war für ihn dort gewesen. Nicht für seinen Bruder. Nicht für die Musik.

Nur für ihn.

Und er war nicht einmal der Star der Show.

Dann erinnerte er sich an diesen Scheißkerl mit dem Hoodie. An Abramoff, der den Kerl eine Sekunde zu spät niederrang. An die Waffe.

An den Schuss.

An Fredrickas Blick, als sie verstand, was dort vor sich ging.

Alles andere war ein Meer aus Ohnmacht und Schmerz.

Frohes neues Jahr, dachte er bei sich, ehe er langsam seine Augen öffnete. Zuerst schien die Welt komplett verschwommen zu sein. Dann, langsam, nahm alles Gestalt an. Das Krankenhauszimmer gab Geräusche von sich, wie in

Filmen. Irgendwo piepste immer etwas. Eine Nadel steckte in seinem Arm und er ekelte sich vor dem Gefühl.

Dann entdeckte er *sie* auf dem unbequemen Stuhl am Fenster.

Er sah sie einfach an, bis sie ihn bemerkte.

»Alexander…«

»Du bist hier.«

»Du wurdest angeschossen! Natürlich bin ich hier.«

»Das… kann schon mal passieren, wenn Dominic ein Konzert gibt…«. Er klang nicht so unbefangen, wie er beabsichtigt hatte. »Ist tatsächlich nicht das erste Mal…«

Fredricka lächelte nicht. Ihre Augen schimmerten traurig.

Sie stellte sich neben sein Bett und nahm seine kalte Hand in ihre warmen Hände.

»Danke«, sagte Alexander schließlich.

»Wofür?«

»Dass du da bist.«

»Dominic und Joanna sind auch hier. Sie regeln den Papierkram. Ich glaube, Dominic hat den

Schreck seines Lebens gehabt… aber du ja vermutlich auch.«

»Vermutlich.«

Sie schwiegen.

»Ich schätze, eine Tasse Kaffee werde ich nicht bekommen.«

»Auf keinen Fall.«

Er nickte. »Äußerst schade.«

»Ich kann dir Mineralwasser anbieten und einen«, sie kramte in ihrer Tasche, »Proteinriegel, der seit zwei Monaten abgelaufen ist.«

»Ich glaube, das Wasser reicht mir.«

Sie schenkte ihm ein Glas Wasser ein und reichte es seiner gesunden Hand. Er trank einen Schluck und seufzte schwer.

Nach all dem Trubel wollte er eigentlich nur eine einzige Sache.

»Freddy«, sagte er sanft.

Fredricka lächelte ihn an.

»Ich will dich nicht daten. Ich will dieses Spiel nicht. Dieses unnötige Hin und Her passt nicht zu uns, oder? Ich will lieber direkt mit dir zusammen sein.«

»Das will ich auch.«

Er lächelte. Aufrichtig und ohne zu zögern.

Frohes neues Jahr, dachte er bei sich und hieß die Wärme willkommen, die sich langsam in seinem Herzen ausbreitete.

Alles andere konnte bis morgen warten.

Nachwort

Im *Café Mond* duftete alles nach Zimt. Allem voran der zuckersüße Kaffee, den er von der Theke nahm und die Tüte mit Gebäck, die er sich in seine Umhängetasche stopfte.

Er zahlte, ging hinaus und spannte seinen Regenschirm auf.

Bevor er zum Grauvogel Archiv ging, machte Alexander noch einen kleinen Abstecher in die Buchhandlung.

Er kaufte nur ein einziges Buch.

Erbe des Schneedrachen von Fredricka Doyle.

Ende

Danksagung

Erstmal ein RIESEN Dankeschön an Susi, für das wundervolle Cover!! Ihren Händen entspringen die schönsten Buchcover! (Habt ihr die Lesezeichen gesehen?!?! Ein Traum!)

Danke an Tine, die wie immer meine Kommas bändigt und sich das Chaos antut, das ich ihr schriftlich serviere. Danke für den schönsten Tag des Jahres!

Danke an Sam, der die beste Artwork zaubert, die man sich vorstellen kann! ♥ I love you with all my heart.

Danke an Fatme, meine Strawberry, die mir spirituell neue Welten eröffnet. Danke, dass du diese Geschichte vorab gelesen hast!

Danke an Lisa R., die immer mit mir träumt und mich daran erinnert, dankbar für dieses Leben zu sein.

Danke an Joanna, die ein unglaublich beherzter Mensch ist (und deren Namen ich gestohlen habe).

Danke an Sabrine, die alles Glück der Welt verdient hat und deren Herz aus Gold ist.

Danke an Kevin, dessen Wert ich nicht in Worte fassen kann.

Danke an meine Familie, die mich 365 Tage im Jahr an der Backe hat.

I love you very much.

Holly Alberich ist eine Tagträumerin, die ihre Freizeit vor der Tastatur verbringt und über Vampire, Engel und Hexen schreibt.

Ihr Ziel ist es, Vampiren zu neuem Glanz zu verhelfen.

Ebenfalls von **Holly Alberich**:

Nessel und Feder

ISBN: 978-3-38415-629-7

Briefe an Dezember

ISBN: 978-3384221650 (auch als eBook erhältlich)

Empfehlungen ♥

Bücher von **Christine Kulgart**:

Rauschberg

ISBN: 978-3710871917

Rauhnachtsfeuer

ISBN: 978-3384068071

Sonst holt dich der GaugaMa

ISBN: 978-3384161079

Zeitfracht Medien GmbH
Ferdinand-Jühlke-Straße 7
99095 Erfurt, Deutschland
produktsicherheit@kolibri360.de